너무나도 소중하지만

하찮게 느껴지는

너무나도 소중하지만
하찮게 느껴지는

초판 1쇄 인쇄 | 2022년 11월 01일
초판 1쇄 발행 | 2022년 11월 11일

지은이 | 이원종
펴낸이 | 전상삼
펴낸곳 | 세상의아침
출판등록 | 제2002-126호 (2002. 6. 26)

주소 | 서울시 마포구 월드컵로29길 45-11
전화 | (02) 323-6114
팩스 | (02) 334-9108
이메일 | zzamzzamzzam@naver.com

ISBN 978-89-92713-14-6  03810

# 너무나도 소중하지만

# 하찮게 느껴지는

이원종 시집

세상의 아침

시가
지난날의 과오에 대한
진정한 속죄가 될 수 있다면,
임재범의 노래 가사처럼
외로움이 꼭 나쁜 것만은
아닐 것입니다.

지나간 세월에 대해
후회로 가슴이 아픈 분들이나,
원만하지 않은 인간관계로
마음을 다치신 분들께

제 졸시가
그나마 작은
위로가 되시기를
가슴 깊이
소망해 봅니다.

## 차례

# 1부

# 2부

# 3부

# 4<sup>부</sup>

**1**부

# 가난

아버지는 말씀하시곤 했습니다.
산이 가로막은
구름 너머의 마을은
꿈꾸지도 말라고.

우리 집은
커다란 아카시아 나무,
그늘 깊은 뿌리 옆의
버섯 마을에 있었습니다.

고르지 않은 치열처럼
뒤죽박죽의 동네.

동네 또래들은
산 너머 마을이 보고 싶어서
나지막한 뒷산을 소리치며
개미 떼처럼 기어오르곤 했습니다.

송충이가 솔잎을 맛있게

먹는 것을 보다가,
배고프면
집으로 돌아왔습니다.

누나는
땟물이 채 빠지지 않은 빨래를
빨랫줄에 널곤 했습니다.

비가 내리면
누나와 함께 처마 밑에서
비단결처럼 반짝이는
빗줄기를
하염없이 바라보곤 했습니다.

어른이 되니
아버지 말씀이 옳았습니다.
세상은
솜씨 좋게 짠 자수의 무늬처럼
한 올 한 올

그 자리를 바꿀 수 없다는 것을.

그래도
높은 담장으로 둘러친
저택들의 거리를
지나칠 때면

문득
버섯 마을의
고등어 굽는 냄새가
눈에 그려지곤 한답니다.

너무나도 소중하지만 하찮게 느껴지는

그렇다.
사랑이란 그런 것이다.

소중하지만
너무나도 익숙해서
정원 옆의 벌집처럼
시끄럽게 느껴지는 것이다.

산길에서 만난
저 드물게 아름다운 꽃은
현관 옆의 꽃병에
언제나 꽂혀 있던 꽃이다.

어쩌면
먼 곳만을 바라보며 걷다가
이 애잔한 꽃들을 밟아버릴지도 모른다.

익숙한,
그래서 너무나도 편하게 느껴지는

습관이라는 벌레는
우리의 영혼을 서서히
갉아먹는다.

우리의 눈은
우리가 가진 이 소중한 것들을
더 이상 사랑스럽게
바라보지 않는다.

그만큼
우리 자신을 사랑한다는 것이
어렵다는 것이다.

## 단풍나무 잎이 떨어지거든

들리나,
해마다 가을이 찾아오면
귀가 밝아져,

단풍나무 한 잎이
떨어져
지구 속으로 스미는 소리가
들리지.

그 짧은 순간에도
결코 나를 잊지 말아 달라고,
손을 흔들지만
아무도 기억하지는 않지.

우리도
떠나가 버린 아픈 사랑은
돌아보지 말자구.

그 사랑은

지금 행복하게 살 테니…

혹시, 운이 좋으면
그 사랑이
단풍나무 잎이 떨어지는 소리에
잠깐이라도
돌아볼지도 몰라.

밤을 나누는 연인들


이 밤이 너무 아까워
서로의 밤을 나누는 연인들

각자 다 하지 못하고 돌아간
밤의 나머지 몫은

낮 동안의 번거로운
계획으로 채워야 하리라.

밤은 우리들의 기쁨을 모두 수확하고
그저 이슬 몇 방울만 눈가에 남겨놓는다.

그래도 애써 웃어야 하리라.

밤의 산책


하루를 끝내고
타박타박 걷다 보면
별들도 반짝반짝
따라 걷는 듯 느낌.
그럴 리야 없겠지.

마을버스에서 내리고
한참을 걸어 올라가야 하는
산동네를
별들이 놀러 올 리야?

솔직하게 말하자면


고상하신 어느 분은
왼쪽 뺨을 맞으면
오른쪽 뺨을 내주라고 하셨지만

나는 너무나도 화가 난다.

나를 배신하고 떠난 인간들이
정말로 행복하길
바라지 않는다.

찌질하게도
마음속으로만
수십 명의 인간을
새벽에 암매장한다.

술자리에서
어리석은 주장을 고집하는 인간에게
나는 고상하고
짐짓 사려 깊은 얼굴로 대한다.

그렇지만
내 마음속, 또 다른 그는
혀를 내밀고 조롱한다.

굳이 그를
내 집에서 쫓아내고 싶지는 않다.

슬픈 무게


사랑하는 사람과 헤어지고
바윗돌만한 슬픔의 무게가 나를 짓눌러
내 가슴은 숨도 쉴 수 없을 정도로
꺼이꺼이 아파해도

어느덧, 시간이 흐르면
그 커다란 슬픔도
바람결에 둥글둥글해지고 가벼워져.

가끔 주머니 속에 손을 넣어보다,
어 이게 뭐지 하고 꺼내 보면
어느새 작고 흰 조약돌로 변해 있어.

미안하다. 잠시 잊었다.
너를 잊고 내가 행복할수록
너는 작아지고 아파했다는 것을.

# 시간의 좁은 골목길


이 좁은 골목길을 따라가다 보면
당신을 만날 수 있을까요?

불면의 오랜 습관처럼
길은 끊어졌다 이어지고

가파른 계단을 오르다
차오르는 숨을 잠시 다스리고

무심히 지나가는 길고양이,
내려다보면 착하디착한 지붕들,
오랜 우체통, 목공소의 톱밥 소리,
낮은 차양, 담 너머의 장독들,

껌벅거리는 형광등 아래
술잔을 기울이던 그때의 그 허름한 술집은
여전히 안녕하신지.

한순간이나마

시간이 스스로 주름을 접어서
우리가 만날 수 있도록
관용을 베풀어 주실지.

감나무 아래
녹슨 녹색 철문을 열고
반기시는 당신의 얼굴이 애틋합니다.

차마 너무 아파서
만나고 싶지 않은 옛날을
애써 돌아서 내려가는
나의 어깨 위로
당신의 손이 얹히어지기를.

# 여행의 목적

낯선 곳으로의 여행에
그렇게도 가슴 설레는 것은,
우리가 태어나기 전의 그
낯선 곳으로 가고 싶어 하는
소망은 아닐까?

우리의 인생이란 기껏해야
낯선 곳에서 낯선 곳으로
짧은 여행일 뿐이다.

늦가을,
마당에 떨어진 성가신 은행잎들을
빗자루로 쓸 적에
나는 잠시,
은행잎들이 나름대로
훌륭한 삶을 살다 갔다고 생각한다.

그렇지만,
나의 편의를 위해

희생적인 삶을 살다가
쓰레기통에 가차 없이 버려지는
리모컨 배터리들의
쓰라린 아픔을
내가 어찌 이해할 수 있을까?

자연은
직선을 너무나도 싫어하기에
그의 창조물은 오로지
부드러운 곡선으로 이루어졌지만,

우리의 시선은
고지식한 직선만으로 되어있다.

자연이
우리의 시선을 직선으로 만든 까닭은
그의 거대하고 숨겨놓은 계획을
서투르게 들키고 싶지 않은
까닭이리라.

거대한 시간의 윤회 안에서
자연의 내밀한 계획을
눈치 채지도 못한 채,

우리는
잠깐 허락된 그 짧은 시간을 원망하며
젖은 낙엽처럼 사라질 뿐이다.
나름대로 괜찮은 삶을 살았다고
스스로를 위로하면서.

오십


내 삶은 기껏해야
흐르는 물 위에 욕망의 목록을
끄적거려 보는 거.

강 건너 설레는 불꽃놀이를
그저 물끄러미 바라보는 거.

내 집으로 들어가는 열쇠를 찾지 못해
쩔쩔매는 동안에

내 삶의 소중한 시간들이
자판기 옆의 일회용 컵들처럼
버려져 있다.

내 안을 들여다보니
남아있는 텃밭들이 너무 아까워
마지막 파종을 해 보리라.

달빛으로 부쩍 키가 커버린

내 그림자가 내 어깨를 두드리며
위로해주고 있었다.

## 아름다운 노래는 너무 멀리 있다

새처럼 날 수가 없으니까
뛰어가기로 한다.

뛰어가는 것은
너무 숨이 차니까
걸어가기로 한다.

걸어가기만 하는 것은
너무 쓸쓸하니까

나무 그늘 아래
등을 기대고 쉬기로 한다.

저기 저,
금빛으로 빛나는 들녘을 바라본다.

아무리 다가가도 다가갈 수 없는
저 텅 빈 들녘을 멍하니 바라본다.

나무에 붙어서 하루 종일 울어대는
매미는 내 마음을
이해해 줄 것이다.

## 외침과 속삭임


저 웅장한 저택을
감싸고 도는 높은 담의
대리석은

최초에는
뜨거운 용암이었다.

난 잠시 머리를 기대고
용암이 조용하게 울부짖는 소리를
듣는다.

여름날의 한 때
나무에서는 매미들이
시끄럽게 울고 있다.

매미는 울고 있는 것이 아니다.
서로들끼리 속삭이고 있을 뿐이다.

이불 속에서 나지막한 노래를


그녀와 헤어지고
집으로 돌아가는 길에

꽃집에 들러
프리지어 한 송이를 사서
창가에 놓인 꽃병에 꽂습니다.
유튜브를 켜고
좋아하는 음악에 귀 기울여 봅니다.
샤워를 하고
고양이 밥을 줍니다.
밀린 리포트를 정리하고
저녁에 친구에게
전화해서 술 약속을 잡습니다.

친구들과
다른 친구들의 근황을 이야기하고
회사 생활이 괴로운 친구를 위로하고
주식이며 코인 이야기도 하고
그렇게 행복한 저녁이

깔깔대는 웃음소리와 함께
저물어 갑니다.

집으로 돌아와서
침대에 누워 이불을
머리 위까지 꼬옥 덮습니다.

그리고
이불 속에서 불러봅니다.
나지막하고
고통스런 노래를.

주전자


저
가스레인지 위의
주전자는
엄청 화를 내고 있다.
코로는 뜨거운 김을 뿜어대며
어쩔 줄 몰라 하고 있다.
나는
감히 서투른 위로의 손길을
내밀 수가 없다.
단지
불이 꺼지고
주전자가
화를 식힐 때까지
기다렸다가
조심스레
찻물을 따른다.

나는
내 분노에게

그 이유를 묻지 않는다.
내 스스로
초라해질 때까지
기다릴 뿐이다.

터무니없이 아름다운

시골길의
돌담을 돌자,
돌 틈 사이로
아주 작고 예쁜 꽃이
고개를 내밀고 있는 것을
보았다.

어떻게
이 힘든 무게를 견디며
피어났을까?

나는 꽃에게 묻는다.
너는 어느 곳으로부터 왔으며
나는 어느 곳을 향해 가는 것이냐고,

때맞춰 불어오는 산들바람에
꽃은 뺨을 분홍빛으로 물들이며
고개를 살랑살랑 젓는다.

나는 가볍게 미소를 지으며
황혼이 시나브로 스며드는
오솔길을 따라 걷기 시작했다.

내가 가까스로 짐작할 수 있는 것은,

침묵한 채 묻지 않는 세계와
자꾸만 채근하며 묻고 싶은 세계의,
두 어울리지 않는 세계가
부딪쳐 생겨난 균열의 길을

나는 무작정 걷고 있다는 것이다.

2<sup>부</sup>

밤과 낮


좋은 날로만 아득히 펼쳐진
자갈밭을
맨발로 걸어라.

나뭇잎에 매달린 이슬들
건강한 흙을 밟아라.

웃고 있는 너의 얼굴.
나는 두레박을 타고
슬픔의 밑바닥까지
내려가고 싶다.

매미들의 울음소리
바위에 스밀 때,

눈에 갇힌
외로운 마을을 생각한다.

벗꽃나무 아래서


벗꽃나무 아래서
그렇게나 깔깔거리며 웃던
해맑고 아리따운 소녀는 가고
이제는
곱게 늙은 할머니로 돌아와
누군가를 기다리고 있군요.

어쩌나요
시간은 당신을 못 본 척
야속하게 지나쳐 갔는데,
당신은
결코 돌아올 수 없는
그 무언가를 기다리고 계시나요?

어깨 위에 떨어진
벗꽃 한 잎이
당신과 함께
다시 돌아올 봄을 기다리고 있네요.

## 브래지어에 대한 고마움

십여 년 전이던가,
죽도록 사랑하던 여인을 만났습니다.
그다지 행복해 보이지 않았습니다.
잔인한 시간의 썰물이 그녀의 얼굴을
사납게 할퀴고 지나갔습니다.

문득 그녀의 브래지어에 고마움을 느낍니다.
실연의 아픔으로 상처받은 가슴을,
서투른 희망에 대한 모진 대가로
이미 식어 버린 가슴을,
브래지어는 저리도 따뜻하게
감싸주었던 것입니다.

## 서랍 속의 아이

누군가에게
야단맞고 상처받은 아이는
아무도 모르게
서랍 속으로 들어가 버렸다.

깜깜한 서랍 구석에서
무릎에 고개를 처박고 울었다.

아무도 찾지 않고
돌보아 주지 않을수록
아이의 몸은 둥글게
말려서

마침내
실꾸리가 되었다.

우연히
서랍을 열어 보자

실꾸리는
너무나도 엉켜서
도저히 풀 수가 없었다.

그래도
어른이 된 그 아이는,
지금까지도
실의 한끝을 찾으려
애쓰고 있을 것이다.

서랍


가슴을 몇 번이고 접고 접어서
서랍 깊숙이 감춰 두었건만
아직까지도 열 수가 없다네.

눈 덮인 산정을 올라갔다가
돌아오지 않는 이여.
세상을 향해 던졌던 수많은 질문은
눈 속에 파묻혀 잘 갈무리되고 있겠지.

창문을 두드리는
초겨울의 스산한 바람을 들어 본 이는
기억하겠지.

산수유꽃 흐드러진 길을
손을 잡고 맨발로 걸었고,
지금은 화려한 도시의 불빛을 밟으며
집으로 가는 길을 헤매고 있지만,

아직도 미친 사랑은
문밖을 서성이고 있다네.

## 섬1

외로운 섬일지라도
씩씩한 숲이
되어라.

지나가는 새라도
쉴 수 있도록.

섬2


사람들이
잠든 깊은 밤에,

다도해의
외로운 섬들끼리는

서로 조곤조곤
수다를 떤다.

귀를 기울이면
갈대밭들도
서로를 껴안고
울고 있다.

섬3


말을
하면 할수록
마음속에는
섬들이 생겨났다.
무인도라는 섬들.

언젠가
혀가 바람에게 버림받던 날,
밤이면
그 섬들을 찾아갔다.

섬4


　"에게해의 떠도는 섬 하나를 사서
　그곳에 그럴듯한 카페를 차리는 거지.
　　아침이면 에스프레소 한 잔과 함께
　느긋하게 지중해의 태양을 즐기는 거지.
　　낮에는 올리브밭을 수확하고
　밤이면 아름다운 여인들과 맛있는 와인을 홀짝거리며
　　문학과 예술, 철학을 떠드는 거지.
　그다음 날은 요트의 돛에 바람을 잔뜩 담아서
　　에게해의 섬들을 누비고 다니는 거야.
　어때 정말 멋진 스케줄 같지 않아? 게다가…"


　홀로 밥 먹는 늦은 저녁,
　식탁 위로
　냉장고에서 꺼낸
　몇 가지의 차가운 반찬들을


　설득하기 시작했다.

섬5


설거지할 때,
너무나 비싸고 소중해서
손이 부끄러울 정도로
조심 조신 어루만지는
그런 도자기가 아닌…

세제를 팍 풀고
거품 속에서 수세미로
빡빡 씻어대고
아무 생각 없이
찬장으로 올려놓을 수 있는

그런
편한 접시이고 싶어.

난
외로운 섬이니까

누구든지
마음 내키면 와주고
미련 없이 가주어도 좋아.

섬6


다른 사람들을 즐겁게 해주기 위해
울리는 종소리는

처음에는
내 마음속에서부터
울려 퍼진다.

고독할수록
종소리를 더 크게 울려라.

잔치가 끝나고,
아련히 사라지는
종소리를 즐거이 배웅해주어라.

바람이
돌아서서 건네는
잠깐의 윙크.

섬7


뭣 땜시 토라졌는지 몰라도,
등을 둥그렇게 말고
웅크리고 드러누운
저 섬의 어깨를 토닥여주고 싶다.

"밥 묵고 자그라"

언제 그랬냐는 듯이
된장찌개 모락모락 피어나는
저녁 밥상을 둘러싸고
밥알이 튀기도록
웃고 떠들어 쌓는

저
유쾌한
다도해의 섬들!

섬8


자유롭고 싶어서
그렇게나 많은 시간과 나라를
여행했건만

나에게서
한 발자국도
벗어날 수 없다니…

차라리

남은 시간을
나답게 사는 게 낫겠다.

철새는
잠시 앉았던
꽃잎 자리가 그리워
반드시 돌아온다.

섬9


딱따구리
한 마리가
제 살을 쪼아대고 있어요.

아플수록
상처가 깊을수록
저는 큰 나무가 됩니다.

나뭇가지들은
서로 소곤소곤 모이고,
잎들은
바람이 전하는 소문에도
수다를 떨기 바쁘지만

그늘진
나무의 뿌리에는
혼자만의 독백처럼
붉은 버섯들이 자랍니다.

새들이
숲을 버리고 떠나면

우리 나무들은
저마다의
외로운 섬이 됩니다.

섬10


어항 속의
금붕어를 물끄러미 바라보다가
문득
다른 세계를
꿈꾼다.

함께 살지만
서로
외롭지 않은
관계.

# 3부

# 구부러진 나무

약간은 슬프게도 차가운
가을 아침은
나뭇잎 위에 물방울을
몰래 달아놓는다.

아침마다 늦잠을 자는 나는
그 경이를 보지 못한다.

참새들은 애를 쓰며
하늘을 가로질러 가지만
나는 하늘을 바라보지 않는다.

폭포로부터 비롯된
물길은 작은 바위들을 만나
헤어지면서 사소하게 흘러가고
내 시간들도 그렇게 흘러간다.

늠름한 자작나무 숲길을
느긋하게 걸어갈 때,

가끔은 못생긴 나무가 있어

땅을 향해 축 처진
성가신 나뭇가지를 만났을 때,
나는 기꺼이
허리를 바짝 굽히며 지나갈 수 있다.

세상이 나를 보잘것없이 여기고
그 사실을 잘 알기에
나는 더 이상 가난이
부끄럽지 않다.

## 그깟 질문 따위야


아침이면 햇살이
내 살갗에 따가운 질문을 한다.
그대, 아직도 하루가 버거우신가?

세면대 위, 거울에 비친
머리 벗겨지고 배 나온 중년이
내게 질문을 한다.
그대, 아직도 사랑할 수 있는가?

옷장 속의 셔츠들이 질문한다.
그대, 아직도 그대의 삶이 그대에게 어울리는가?

마음속에서 들려오는 이 많은 질문들을
게으른 상사처럼 미결로 제쳐 놓은 채,
나는 아직도 대답하지 못하고 있다.

눈앞에 파리가 날아가는 것을 보듯이
내 소중한 삶의 순간들을
지나쳐 바라만 보고 있다.

잠시 눈을 감는다.
내 어렸을 적 좋아했던
아카시아 나무와 뒷산의
시끄러운 매미 소리들, 그리고
한 때나마 눈부셨던
내 젊은 날의 푸르렀던 계곡.

네 존재는 옛날에도 그러했고
지금도 여전히 특별하지도 않고
빛나지도 않거늘

답을 기다리지 않는 질문 따위
가슴에 가득 안고
저 고뇌의 깊은 불구덩이 속으로
제발 뛰어들지는 말라고.

## 눈 오는 밤

온 밤을 기워낼 거까지는 없었는데,
어머니는 구멍 난 양말을
알전구에 끼워서 바느질하신다.
그 옆에서 아이는
짝꿍 녀석 골려줄 생각에
키득거리다 잠이 든다.

구멍 난 양말을
볼 때마다
눈 내리던 그 하얀 밤이
그리워진다.

## 눈의 두 가지 기능

우리 눈은
두 가지 기능을 가지고 있다.

하나는
바깥을 잘 살펴보는 것이고
또 하나는
내 안을 잘 들여다보는 것이다.

바깥을 살펴보는 것은
논리로 잘 정비된
길을 느긋하게 산책하는 것과 같고

안을 들여다보는 것은
거친 자갈밭과 늪을 건너서
잡목들을 헤집고 가는 것과 같다.

그러나
내면의 길을 따라가는
가장 큰 걸림돌은

걸핏하면 가로막고 깐족거리는
슬프고도 초라한
나를 만나는 것이다.

그래서
우리는 더 이상
나아가지 못한다.

동행


한 줄기 빛을 따라
어두운 숲길을 빠져나오자

푸르른 길들이 펼쳐졌다.

가는 길에 좋은 반려를 만나면
그가 큰 산이라고 생각한다.

어쩌면
내가 평생 읽어야 할
거대한 도서관일지도 모른다.

외로워서
누구를 따라가든
나만의 빛을 놓쳐서는 안 된다.

너무나도 높은 저 산정에는
온통 빛으로 가득하지만,

가끔은 어둠이 그리워서
그늘 깊은 길을 찾아 헤맬지도 모른다.

그래도,
하늘은 빛으로 가득 차 있다는 것을
잊어서는 안 된다.

모닥불


젊었기에
우리는 그때 몰랐다.

몸과 몸이
서로 괴롭게 부대끼는
장작들의 불꽃들이
하염없이
하늘로 올라가

별이 된다는 것을.

별의 눈으로
내려다보면
그때 우리는
저마다의 영원이었다.

바둑


초여름,
커다란 느릅나무가 있는 평상에서
동네 친구와 바둑을 두고 있었네.

친구가 출출하다며
막걸리를 사러 간 사이에
어디서 왔는지 모르는
벌꿀 한 마리가
내가 끙끙대던 한 수를
놓고 갔다네.

아, 자연은
내가 모르는 수를
은밀하게 가르쳐주려 하는구나!

불꽃 위의 노래


모닥불의 불꽃 위로
노래가 타고 있다.
푸른 보석이 박힌 검푸른 하늘과
겸손하게 경청하는 검은 대지 사이에서
다시는 부르지 못할 수도 있는
안타까운 노래가
타고 있다.

비가 오면
그 노래들은
아쉽게도 꺼지겠지만,
우리는
꺼진 노래의 재들을
가슴 속에
조금씩 나누어 가졌다.

훗날,
누군가가
숨죽여 흐느끼는

재속에서 불씨를 살려
노래 부를 수 있다면

우리 모두는
그 모닥불 옆으로
다시 모여
노래 부를 수 있을지도
모르겠다.

# 비둘기

어떤 비 개인 날,
공원에서 한 떼의 비둘기들이
사람들이 던져준 싸구려 모이들을
수선스럽게 쪼아 먹고 있다.
문득 한 마리가 멍하니
하늘을 치어다보고 있다.

멀리 하늘엔
무리로부터 떨어져 나온
한 조각구름.

소원


어렸을 때
그 많던 꿈들은
다
어디로 간 걸까요?
젊은 날의
그 풋풋하고
싱싱했던
수액은
나무의 줄기를 타고 올라가
하늘을 휘저으며
힘차게 날아다니고 싶었는데,
어느덧
새털구름이
그 꿈들을
훔쳐 가버리고 말았네요.
새털구름님이여!
당신이 가는 길
저도 따라가면
안 되나요?

전 한 번도
구름을 타고
설레며
거닐어 본 적도
없는 거 같아요.
그러다가
갑자기 미친
폭우가 되어
하늘 아래로 부서지며 내리고 싶어요.
보랏빛 수국을 적시는 비.
지상에서
외롭게 갇혀있는
나에게,
함석지붕을 때리는
비의 편지로
하늘의 소식을 전하고 싶어요.
왜 꿈들은
가녀린 나뭇가지 사이로
숨어있는 작은 새처럼

항상
부끄러워해야만 하나요?
나름대로 착하게 살아온 길,
다른 모든 길들이
비웃으며 저를 버리네요.
그러면
바닷가의 소라고둥처럼
목 놓아 울어야 하나요?
창밖으로 내려치는 비가
가슴에 너무 벅차오를 때에는
우비를 입고
밖으로 나가
무너져 가는 텃밭의 고추 줄기라도
세워야 할까요?
아니면
조용히 흘러가
이름 없는 물들을 만나고
거센 폭포 아래
떨어져 부서져야 할까요?

## 소지품 목록

저 머나먼 길을 가기에
소지품은 오히려
가난해야 하리라.

내 깊은 속마음을
착하게 귀 기울여준 고마운
칫솔아!

얼굴을 비비며
함께 울어준 비누야!

내 부끄럽고
냄새나는 사연들도
묵묵히 참아준
몇 장의 팬티들아!

이 지나치게
과분한 체중들을
넌 어떻게

견디어주었니, 부지런한 신발아!

내 사랑들을
넌 전부 기억하겠지,
사랑이 나를 버릴 때마다
난 너의 가슴에 얼굴을
파묻고 울었지.
그러면 너는 차마
두 팔로 안아주지 못하고
어쩔 줄 몰라 했었지,
내 소중한 책들아!

난 기억할 거야!
외로운 섬들과 섬들 사이,
지나간 계절과 다가올 계절 사이의
고요한 쉼표들을.

심연

소년이 우물 속을 들여다보고 있었다.
지나가는 길에 나도 들여다보았다.
빛이 들지 않는 검은 물뿐이었다.

소년에게 물었다.
"우물 속을 왜 들여다보는 거니?"
소년이 우물 속을 여전히 들여다보면서 말했다.
"우물 속에 빠지면 춥고 무섭겠죠?"

내 갈 길을 가다가 문득 뒤돌아보았다.
소년은 없었다.
나는 절실하게 후회했다.

이런, 그렇게도
지나쳐 버리겠다고 애써왔던
그 심연이
이미 내 마음속에
들어와 둥지를 틀고 있었다.

영성이란


우리 삶의 중심에는
슬픔이 있다.

맵시 좋은 칼로
쪼개도 쪼갤 수 없는
단단하게 마른
복숭아의 씨앗은

언젠가는
버림을 받는다.

자신의 자양분을
나누어 주어도
자신은
한없이 가난해지는,

우리가
그렇게도 꿈꾸던
영성이란

자신의 집
담벼락 그늘에서
울고 있는

어린아이와 같다.

우리가 아무리
세상을 향해 보채어도

우리의 소망은
버림받고

사람들이 가끔 지나가던
그 골목은 발길이 끊어져
여전히 쓸쓸하다.

## 월면불(月面佛)


달도 뜨지 않는 어둑한 밤
개미 한 마리
온 산 하나를 헤집고 있다.

길 잃은 석불(石佛)
큰 산 하나를 골라잡고
헤매고 있다.

## 유년의 우물

어렸을 적,
내가 살던 마을의 동구(洞口)엔
깊고 그윽한 우물이 한 채 버려져 있었다.
아이들과 흙먼지를 뒤집어쓴 채
동네를 한 바퀴 휘젓고 돌아오면
우물은 우리의 목젖을 깨끗하게 씻겨주었다.
서리해서 씹는 참외 맛이 이보다 더 시원할까?
두레박은 곧바로 떨어졌다. 그러면
탕하고 저 깊은 공동으로부터 울려 퍼지는 소리가
하늘을 향해 솟구쳐 올라왔다.
철없던 우리들의 귀도 그 소리와 함께
우물 밑바닥으로 아득하게 떨어져 내려갔다.
어떤 날은 저물녘까지 우물 속을 내려다본 적도 있
었다.
그 아득한 심연을 그때는 알아채지 못했다.

사춘기 때였던가,
나는 이유도 모르는 신열을 몹시 앓았다.
주위엔 아무도 없었고,

어둠 속에서 손을 내밀면 아무도 잡아주는 이 없
었다.

그때, 내 이마 위로 차가운 물방울이 떨어졌다.

눈을 떠보니, 어머니와 어린 내가

나를 내려다보며 웃고 있었다.

등 뒤로 너무나도 눈부신 햇살이

차츰 어머니의 모습을 지워나갔다.

곧 우물 덮개가 닫히고 나를 비춰주던 빛들이

사라져 버렸다.


어른이 된 지금도 그 우물 맛을 잊지 못한다.

목이 마를 때면 내 마음은 우물가로 달려가곤 한다.

하지만 차마 두레박은 올리지 못한다.

나는 두려워하고 있다, 두레박을 올리는 그때에

희고 창백한 손이 올라와 내 손을 잡아채리라는 것
을.

## 은박지로 만든 달

눈을 들어
밤하늘을 바라보니
저기 반쯤 은박지가 벗겨진
달이 보였다.

보이지 않는 한쪽은
누구의 몫으로
가져간 것일까?

언젠가는,
그 나머지도
누군가의 몫으로 빼앗아
가져가겠지.

가난한 사람들의 눈에는
언제나 가난한 하늘.

한 무리의
검은 철새들이 사나운 부리를 하얗게 빛내며

북쪽 하늘로 날아간다.

## 전선 위의 참새

우리는 언덕에서 헤어졌다.
서로가 등을 돌린 채로,
처음의 사랑이 불타올랐던,
그때의 노을이
스러져가는 곳으로 걸어갔다.

전선 위에
참새들이 모였다가
흩어져 날아오르는 것처럼.

책갈피


단풍잎을 말린
책갈피에는
지난해의
늦은 가을만
있는 것은 아닙니다.
아끼다
아끼다
지나가 버린
아쉬운 시간도
있습니다.
다락방에서
어려운 책을 읽다
잠들어버린
밤도 있습니다.
가을밤의
도란도란한 이야기를
엿듣고 있는
귀뚜라미의
밤마실도

있습니다.
나무에서 떨어져도
실없이 헤죽거리는
밤송이의 해학도
있습니다.
첫사랑의
다가갈 수 없는
깊고 푸르른 계곡도
있습니다.
그래도
제 마음을 읽어 주기를
바라다가
바라다가
지쳐서
하품하는
책도 있습니다.
그런 한심한
사랑도
기억해 달라고

책갈피를 꽂습니다.
그리고
조금은
차가워진
가을바람이
제 마음을
한 장 한 장
읽어 주고
있습니다.

4 <sup>부</sup>

# 겨울의 사랑

당신을 바라보고 걷다가
당신을 지나쳐서
당신의 배경인 숲으로 들어갔습니다.

늠름한 큰키나무들 아래서
어디로 가야 할지 몰라
부드러운 낙엽 위에 누웠습니다.

하릴없는 올빼미 한 마리
물끄러미 내려다봅니다.

가슴으로부터 불어오는
바람의 위로를 들으며
그렇게 한겨울을 따뜻하게 지냈습니다.

머뭇거리다
머뭇거리다
지나쳐 버린 내 사랑은.

나무의자


이 초라한 나무의자는
처음에는 늠름한 느티나무였다.

젊고 싱싱한 수액을 재촉해
더 높이 더 높이 자라서
구름 저 편의 세상을
굽어보고 싶었다.

힘없고 지친 사람들이
그들의 가벼운 몸무게를 얹고 쉴 적에
나무의자는 행복했다.

훗날, 나무의자는
솜씨 좋은 도끼에게 쪼개져
불쏘시개로 던져졌다.

의자가
의자 위에 잠시 앉았다가
떠나갔다.

늙는다는 것은


어느 낯선 사내가
현관문을 열고 들어온다.
익숙하게
냉장고를 열고
사과 한 알을 꺼낸다.
식탁에 앉아
조간신문을 펼치고
사과를 한 입 베어 문다.
그러다가
사과를 접시 위에 올려놓고
현관문을 열고
느닷없이 사라진다.

뒤이어
집에 돌아온 여자는
접시를 치우고
설거지를 한다.

그 사내가 어디로 사라졌는지는

아무도 모른다.
단지 우리가 짐작할 수 있는 것은

히말라야의 설원에는
누군지도 모르는 발자국이
찍혀있다는 것이고,

지구의 반대편을
힘들게 건너온 파도가
검은 바위에 부딪혀
흰 물거품을 일으킨다는 것이다.
그 물거품 속에서
아이들은 태어난다.

그리고 지금도
네온사인의 불 밝힌 어둠 아래서
그림자들이
정처 없이 떠돌아다닌다는 것이다.

## 덧없는 행복

황금방울새가
흥겹게 노래하는
이 빛나는 아침은
곧
저녁에게 그 자리를
양보해야 하리라.

풀잎 끝에 매달린
아침 이슬은
안다
빛나는 것은
한없이 덧없다는 것을.

내게서
떠나려는 행복을
마음이 떠난 연인을 붙잡듯이
매달리지 마라.

뜻하지 않게

나에게 전해진 밀수품처럼
우연한 선물이라
생각하라.

살갗을 기분 좋게 스치는
봄날의 산들바람은
곧
뒤이어 올 겨울날의 폭풍에게
그 자리를 양보해야 하리라.

육십

어릴 때는
시간의 징검다리를
겁도 없이 깡충깡충
건넜지요.
돌아보니
거센 강물이
징검다리를 삼키고
흐르네요.

건너편 갈대밭에는
그리운 얼굴이 하늘하늘 거리지만,

돌아서서
어스름한 불빛을 향해서
방-둑을 하염없이 걸었습니다.

미묘한 균형


거리에서 구두끈이 풀어져 쩔쩔맬 때
칸첸중가봉에선
눈사태가 무너져 내리고 있었다.

실수로 글라스를 엎질렀을 때
산타마르타 해변에선
살인적인 해일이 도시를 덮쳤다.

편의점에서 산 아이스크림이 녹는 것과
남극의 빙산이 녹아 해수면이 높아지는 것은
아무런 관계가 없다.

허나, 아름다운 밤하늘의 별들이
오직 나를 위해 윤무를 춘다 한들
누가 섣부른 연역법이라 할 수 있겠는가.

아스라한 거리 저편
한 아름다운 아가씨가
우연히 내 어깨와 부딪치기 위해

내게로 걸어오고 있다.

## 비로소 돌아가는 길

시간은 물처럼 흘러가고
추억은 눈처럼 쌓인다.

누군들 지나가 버린 시간들을
두려워할까?

저 부끄럽게 눈이 부신
눈밭을 맨발로 걷자!
발자국조차 남기지 말고

눈에 덮인 오두막 안에서
책을 읽고 따뜻한 수프를 마시고
하루 종일 장작불을 멍하니 바라본다.

이것밖에 할 줄 아는 게 없기에
이것만큼은 맘껏 즐긴다.

봄이 되고 눈이 녹으면,
겨울잠에서 깨어난 곰은 어슬렁거리며 산을 내려

오고
　노루는 양지바른 곳의 새순을 따먹는다.


　물소리에 이끌려
　뿌옇게 흐려진 유리창을 닦고
　밖을 내려다보면


　내 귀는 어느덧
　계곡의 물길을 따라가다
　아이들이 물장구치는 소리에
　머문다.

소라고둥

경포대 앞바다
파도에 휩쓸려 왔는가,
소라고둥 하나가 버려져 있다.

작년인가 재작년인가,
바닷소리를 한없이 듣다가
그래도 아쉬운 마음에 남겨둔
내 귀 한쪽.

소라고둥 안에는
세상이 버린
조잘거리며 시시껍절한 이야기들도
사이좋게 모여서 산다.

수취인 불명


단풍잎들을 함뿍 먹은
계곡물에 손을 씻고 있자니
꽃 한 송이가 슬며시 떠밀려 내려온다.

이 꽃은 누군가 내게 보내준
러브레터.

수취인 불명의 이 사랑을 나 혼자만은
차마 감당할 수 없기에

바람에게 부탁한다.
누군가의 가슴으로 배달되어
가을날을 흠뻑 아파할 수 있도록.

시간 도둑


가을날,
가로수 길을 걷다가
문득 내 옆을 스치는
단풍 한 잎이
내 시간을 훔쳐 간다면
난 기뻐할 것이다.

강물에 머리를 감는 나무들
징검다리를 건너는 아이들의 웃음소리
잎과 잎 사이를 까불거리며 건너는 곤충들
장독들 위에서 더 많은 원을 그리는 빗줄기들
바람이 흩뿌려놓은 다도해의 섬들

이 아름다운 풍경들이
내 소중한 시간들을
조금씩 훔쳐 간다면

그것은
내가 운 좋게 받은 시간들을

자연에게 조금씩 돌려주는 것이다.

내 머리 위로는
바람과 구름과 별들이
서로 손을 잡고
커다란 시간의 순환을 그리며
춤추고 있겠지.

난 외롭고
그 즐거움으로부터 벗어나 있으나,

그래도 조금의 시간이
내게 주어진다면
그리운 사람을
저 별들의 축제에 추천하리라.

# 어머니

어머니,
당신은 드넓은 녹차밭의 어린잎입니다.
바람이 불어 새잎들마저 흩날리면
제 몸은 푸르른 물로 차올라
어느덧 그리운 바다가 됩니다.
이제는
저를 스치고,
당신은 어디론가 먼 길을 가시는 길이신가요?

어머니,
당신은 자그마한 개천의 징검다리입니다.
물이 차올라 건너기가 머뭇거려질 때
당신은 기꺼이 등을 내주셨지요?
이제는
제가 그 등을 내주어야 할 때입니다.

어머니,
당신은 장독 위에 소복이 쌓인 함박눈입니다.
시린 손으로 쌓인 눈을 치우시곤

잘 익은 김치 몇 포기를 길어 올리셨지요.
그 따뜻한 함박눈 아래
김치는 맛깔나게 익어갔지요.
이제는
그 누군가를 갈무리해 두고 당신은
허공으로 흩어져 사라지셨나요?


어머니,
당신은 신작로의 길가에 피어난 풀꽃 한 송이입니
다.
누군가 어머니는 어떤 분이셨는가 하고
물으면 저는 선뜻 대답할 수 없습니다.
당신은 그저 이름 없는 한 송이 풀꽃일 뿐입니다.
이제는
그 서러운 무명의 옷을 벗으시고
가벼이 어느 하늘로 날아올라 가셨나요?


어머니,
당신은 투명하게 고요한 밤의 불면입니다.

새벽이면 어김없이 연탄불을 가는
달그락거리는 소리에 잠을 깨곤 하였지요.
어린 마음에 어머니는 언제 주무시나 궁금했는데
이제는
밤하늘의 별빛 자리 가운데
모자란 잠을 주무시고 계시는군요.
그 달그락거리는 밤의 소음이 사무치게 그리워서
저는 가끔은 잠을 이루지 못하곤 합니다.

외출


늦은 여름,
너무나도 한가한 때에
칼로 썬 수박 몇 점을 앞에 두고
어머니는 나의 까까머리를
자신의 무릎에 누이시고
귀지를 파주셨다.

아카시아 나무의 매미들도
부러워하는지
시끄럽게 울어댔다.

그러거나 말거나
기분 좋은 졸음이 솔솔
밀려왔다.

눈을 떠 보니
어머니는
시장을 보러 가셨는지
안 계셨다.

그리고는
영원히
돌아오지 않으셨다.


올해의 뜨거운 여름,
창밖의 매미들은
여전히 그때의 여름을
부러워하고 있다.

우편배달부


남자가 앳된 소녀의 들뜬 이마에 키스를 한다.
마치 우편봉투를 입술로 봉하듯이

소녀는 어느 낯선 마을의
한적한 우체통 안으로 던져진다.

깜깜한 우체통 안에서 소녀는
자신이 누군가의 가슴에
희망으로 배달되기를
기다린다.

늙은 우편배달부의 부고(訃告) 소식도
모른 채

결코 배달될 수 없는 그리움도 있다.

적

적을 닮는 법을 배워야 한다.

소심하고 쩨쩨하고,
한 푼의 자선조차 두려워하고,
인색하고 오직 돈을 모으는 것에
인생의 전부를 바치는

그런 적을 닮는 법을 배워야 한다.

비열하고 야비하며,
타인의 어깨를 딛고 군림하며,
매의 눈으로 풍속의 흐름을 읽고
자신을 버릴 때는
아낌없이 굽실거릴 수 있는

그런 적이 되는 법을 배워야 한다.

돌아보면,
부정의를 미워하고

약자를 옹호하고 평등을 외치며
공명정대함을 추구하는

젠체하고
우쭐거리길 좋아하는
내가 서 있다.

## 정의라는 신기루

밤새
아리따운 숙녀들과
왈츠의 우아한 선율에 몸을 맡기며,
달콤한 술과 고상한 담화들을
맘껏 즐기다가

저택의 문을 나서는
순간,
그늘진 담벼락에서
쓰레기통을 뒤지며
주린 배를 채우는
홈리스를 보았다.

어떤 이는
이 참혹한 배고픔은
게으름의 당연한 귀결이라고
생각할지 모르겠지만

문득

부끄러움을 느낀다면
그것이 바로
정의의 시작이다.

정의는
자욱한 구름에 가려진
산정처럼 누구나 밟을 수 없는,

어쩌면
정의는 신기루일지 모르겠다.

그래도
그 끝은 알 수 없지만
시작은 반드시 있다고
나는 생각한다.

책장 너머로 보이는 딸


하품하는 책들 사이로
너희들이 보인다.
어린 너희들은 창밖을 바라보고 있다.

나는 너무나도 몸이 가벼워져
공중을 유영하며
먼지들과 함께 놀고 있다.

거친 벌판에 메마른 나무 한 그루 서 있다.
나무를 중심으로
모든 별들이 돌고 있다.

별들과 별들은 만날 수 없고
아무리 힘껏 달려 가본들
시간을 만날 수 없다.

이 아름다운 세계가
두 쪽으로 고이 접혀서
내가 지상으로 내려올 수 있다면

나는 책장에 느긋하게 기대어
너희들을 보면서 미소 짓고 싶다.

딸들아,
메마른 나무 아래서
하늘을 우러러보아라.

두 줄기 번개 사이로
구름이 뭉게뭉게 피어나는 것을.

가기 전까지는 아무도 모른다


언제나 꿈꾸지만
도저히 갈 수 없는 그곳.

날렵한 새들조차
기어서 기어 올라가도
넘어갈 수 없는 그곳.

홀가분한 구름조차
나뭇가지가
발목을 잡고
놓아주지 않는 그곳.

창백한 별들조차
매서운 눈빛으로
노려보는 그곳.

천천히
우리를 죽여야만
겨우 갈 수 있을까.

어쩌면
산에게 버려진
나뭇잎들이

강물에 떠밀려 흐르다가
지나쳐 갔었을 수도
모르는 그곳.

외로운
영혼들이 모여 살다가
뿔뿔이 흩어진
그곳은

어쩌면…

# 작품 해설

삶의 파편들과 그 서정(抒情) _홍 적 (소설가)

## ■ 삶의 파편들과 그 서정(抒情)

-홍 적 (소설가)

　나의 오랜 주우(酒友)이자 문우(文友)인 이원종이 시집을 낸다. 2001년 첫 시집 『선(禪)』이후 무려 20년 만의 두 번째 시집이다. 지난 며칠간 나는 예순 편이 넘는 그의 시를 찬찬히 읽고 여러 생각에 젖었다. 우리의 첫 만남으로 치면 지난 35년 동안 나는 그의 첫 직장 동료이자 10년 가까운 나이 차가 나는 맏형 뻘의 선배로서, 그와는 참으로 자주 만났고 수많은 대화를 나눴다. 대부분이 술자리였고 대화라야 거의 시중 잡담에서부터 음담패설까지 대중이 없었지만, 개중에는 인생사의 개똥철학에서부터 종교관, 우주론에 가까운 서로의 세계관까지 이른바 고담준론(高談峻論)의 경지에 이른 적도 적지 않다.

　이렇게 오랜 세월 동안 옆에서 그를 지켜봐 온 친구로서 이제 인상 깊게 읽은 그의 시 몇 편을 소재로 이원종이라는 시인이자 범부(凡夫)에 관한 이야기를 해볼까 한다.

당신을 바라보고 걷다가
당신을 지나쳐서
당신의 배경인 숲으로 들어갔습니다.

늠름한 큰키나무들 아래서
어디로 가야 할지 몰라
부드러운 낙엽 위에 누웠습니다.

…(중략)…

가슴으로부터 불어오는
바람의 위로를 들으며
그렇게 한겨울을 따뜻하게 지냈습니다.

머뭇거리다
머뭇거리다
지나쳐 버린 내 사랑은.

—「겨울의 사랑」 중에서


　남녀를 불문하고 인생사에 어찌 사랑이 빠지겠는
가. 원종도 대학 재학 중에 입대하여 제대한 후 복학
생 때 같은 캠퍼스에서 한 후배를 만나 사랑에 빠진
다. 그 몇 년 후 그녀와 사랑의 결실을 본 원종은 두

딸의 아버지가 된다. 그러나 거기까지다. 그러니까 "바람의 위로를 들으며/ 그렇게 한겨울을 따뜻하게 지낸" 후, 두 딸이 태어나 그들이 소녀로 자라기까지의 길다면 길고 짧다면 짧은 십수 년의 세월, "머뭇거리다/ 머뭇거리다/ 지나쳐 버린 내 사랑은." 그것이 아이들 엄마와의 인연의 전부다.

그렇게 한겨울을 난 원종은 다시 독신으로 돌아와 거울 앞에 서서 삶에게, 사랑에게 묻는다.

…(전략)…


세면대 위, 거울에 비친
머리 벗겨지고 배 나온 중년이
내게 질문을 한다.
그대, 아직도 사랑할 수 있는가?

옷장 속의 셔츠들이 질문한다.
그대, 아직도 그대의 삶이 그대에게 어울리는가?

마음속에서 들려오는 이 많은 질문들을
게으른 상사처럼 미결로 제쳐 놓은 채,
나는 아직도 대답하지 못하고 있다.

…(후략)…

ー「그깟 질문 따위야」 중에서

"그대, 아직도 사랑할 수 있는가?" 그리고 "그대, 아직도 그대의 삶이 그대에게 어울리는가?"라는, 스스로의 이 물음에 대한 답을 찾기 위해 그는 오늘도 열심히 술을 마시고 밤거리를 배회한다. 그러다가 때로는 야합(野合)에 가까운 들뜬 사랑에 빠져 "십여 년 전이던가,/ 죽도록 사랑하던 여인을 만났습니다./ 그다지 행복해 보이지 않았습니다./ 잔인한 시간의 썰물이 그녀의 얼굴을/ 사납게 할퀴고 지나갔습니다. …(후략)… (「브래지어에 대한 고마움」 중에서)" 라고, 상대에 대한 원망과 연민으로 가슴에 또 다른 생채기를 남기기도 한다.

하지만 사랑에 대한 갈증이 이런 생채기 정도쯤으로야 가실 리 있겠는가. "사랑하는 사람과 헤어지고/ 바윗돌만 한 슬픔의 무게가 나를 짓눌러/ 내 가슴은 숨도 쉴 수 없을 정도로/ 꺼이꺼이 아파해도 …(후략)… (「슬픈 무게」 중에서)" 그는 여전히 "…(전략)… 지금은 화려한 도시의 불빛을 밟으며/ 집으로 가는 길을 헤매고 있지만,// 아직도 미친 사랑은/ 문밖을 서성이고 있다네. (「서랍」 중에서)" 라고, 솔직하게 진술하고 있다. 이것이 '사랑'이라는 이성에 대한 욕구를 갈망하는 원종의 본능이자 우리 인간의 보편적인 서글픈 본질이다. 원종은 이렇게 나이를 먹는다.

내 삶은 기껏해야
흐르는 물 위에 욕망의 목록을
끄적거려 보는 거.

강 건너 설레는 불꽃놀이를
그저 물끄러미 바라보는 거.

내 집으로 들어가는 열쇠를 찾지 못해
쩔쩔매는 동안에

내 삶의 소중한 시간들이
자판기 옆의 일회용 컵들처럼
버려져 있다.

…(후략)…

　　　　　　　　　　　　　　—「오십」 중에서

　여기서 "내 삶의 소중한 시간들이/ 자판기 옆의 일회용 컵들처럼/ 버려져 있"는 것은 "얼굴을 비비며/ 함께 울어준 비누야!" 이고 "내 부끄럽고/ 냄새나는 사연들도/ 묵묵히 참아준/ 몇 장의 팬티들아!"이며, "이 지나치게/ 과분한

134

체중들을/ 넌 어떻게/ 견디어주었니, 부지런한 신발아! (이 상「소지품 목록」중에서) 이다. 하지만 보다 더 무거운 삶의 파편은 애들의 엄마와 나눈 흘러간 사랑이고 생 채기로만 남은 야합이며, "흐르는 물 위에" 쓴 "욕망의 목록"들이다. 그리고 어느덧 오십줄에 들었는가 싶더 니 이내 환갑이 지난다.

어릴 때는
시간의 징검다리를
겁도 없이 깡충깡충
건넜지요.
돌아보니
거센 강물이
징검다리를 삼키고
흐르네요.

…(후략)…

—「육십」중에서

그도 이제 덧없는 세월 속에 속절없이 늙어간다. 그러다가 어느 날 문득 뒤돌아보니 시간의 거센 강물 은 자신이 건너온 징검다리를 온통 집어삼키고 있다. 이제 뭔가 새로 시작하기에는 한참 늦은 노년에 접어

든 것이다. 불안하고 당혹스럽다. 그는 이 상황을 "어
느 낯선 사내가/ 현관문을 열고 들어온다./ 익숙하게/ 냉
장고를 열고/ 사과 한 알을 꺼낸다./ 식탁에 앉아/ 조간신
문을 펼치고/ 사과를 한 입 베어 문다./ 그러다가/ 사과를
접시 위에 올려놓고/ 현관문을 열고/ 느닷없이 사라진다.
(「늙는다는 것은」의 첫연)" 라고 표현한다. 사내는 어디
로 사라져 버렸을까? 이 시의 셋째와 넷째 연에 사내
의 행방이 드러난다. 하지만…

　…(중략)…

　그 사내가 어디로 사라졌는지는
　아무도 모른다.
　단지 우리가 짐작할 수 있는 것은

　히말라야의 설원에는
　누군지도 모르는 발자국이
　찍혀 있다는 것이고,

　…(후략)…

　　　　　　　　　　　—「늙는다는 것은」 중에서

이렇게 인생은 오리무중으로 지쳐간다. 게다가 날

카로운 삶의 파편들은 수시로 여기저기서 날아든다. "고상하신 어느 분은/ 왼쪽 뺨을 맞으면/ 오른쪽 뺨을 내주라고 하셨지만// 나는 너무나도 화가 난다.「솔직하게 말하자면」의 첫연) 짧지 않은 세월 동안 옆에 두고 챙겼던 동료가 어느 날 갑자기 뒤통수를 치고 떠나간 것이다. 그래서 그는 어느 날 새벽 "불이 꺼지고/ 주전자가/ 화를 식힐 때까지/ 기다렸다가 (「주전자」 중에서) 곡괭이를 들고 집을 나선다. 그리고 다짐한다. 그는,

나를 배신하고 떠난 인간들이
정말로 행복하길
바라지 않는다.

찌질하게도
마음속으로만
수십 명의 인간을
새벽에 암매장한다.

…(후략)…

—「솔직하게 말해서」 중에서


그러나 그것은 "찌질하게도/ 마음속으로만"의 암매장에 그치고 만다. 그래서 그는 더욱 의기소침해져

외로운 섬이 된다. 그 섬에 갇혀 하릴없는 노년의 범부가 된다. 혼자 일을 하고 (그의 직업은 텔레비전 광고의 밑그림을 그리는 프리랜서 콘티작가다) 혼자 잠을 자고 혼자 술을 마시고 혼자 밥을 먹는다. 가끔은 혼자 밥을 먹다가 턱도 없는 환상에 젖어 다음의 시처럼, 정말 턱도 없이, "에게해의 떠도는 섬 하나를 사서/ 그곳에 그럴듯한 카페를 차리는 거지./ 아침이면 에스프레소 한 잔과 함께/ 느긋하게 지중해의 태양을 즐기는 거지./ 낮에는 올리브밭을 수확하고/ 밤이면 아름다운 여인들과 맛있는 와인을 홀짝거리며/ 문학과 예술, 철학을 떠드는 거지./ 그다음 날은 요트의 돛에 바람을 잔뜩 담아서/ 에게해의 섬들을 누비고 다니는 거야./ 어때 정말 멋진 스케줄 같지 않아? 게다가…" (「섬4」 첫연) 라며, 혼자 실없이 정말 미친놈처럼 행복해하기도 하는데, 그러면 이 대화의 상대는 누구일까?

홀로 밥 먹는 늦은 저녁,
식탁 위로
냉장고에서 꺼낸
몇 가지의 차가운 반찬들을
설득하기 시작했다.

—「섬4」 후연

사람이 어떻게 이렇게 식어 빠진 반찬에까지 말을 걸고, 게다가 사물에 불과한 무생물을 상대로 어떻게 이렇게 설득할 마음마저 먹게 되었을까? 아무리 외로 워도 그렇지, 사람이 이 지경에 이르면 마침내 미치 게 된다. 아니, 이 정도의 증상이면 이미 절반쯤은 맛 이 갔다고 볼 수 있다. 한데, 정말 그럴까? 다음의 시 편들을 살펴보자.

…(전략)…

어머니,
당신은 투명하게 고요한 밤의 불면입니다.
새벽이면 어김없이 연탄불을 가는
달그락거리는 소리에 잠을 깨곤 하였지요.

…(후략)…

—「어머니」 중에서

늦은 여름,
너무나도 한가한 때에
칼로 썬 수박 몇 점을 앞에 두고
어머니는 나의 까까머리를
자신의 무릎에 누이시고

귀지를 파주셨다.

…(후략)…

—「외출」 중에서

온 밤을 기워낼 것까지는 없었는데,
어머니는 구멍 난 양말을
알전구에 끼워서 바느질하신다.

…(후략)…

—「눈 오는 밤」 중에서

그렇다. 바로 어머니다. 원종이 진정 미치지 못하
는 이유는 바로 '어머니'라는 위대한 이름의 성현(聖
賢)들, 즉 지금은 고인이 된 그녀의 보살핌 때문이다.
원종은 이북이 고향인 실향민의 자손이다. 우리 세대
의 부모들은 환난(患難)과 간난(艱難)의 회오리 속을
온몸으로 맞닥뜨려 겪으며 헤쳐온 분들이다. 원종은
요즘도 가끔 술자리에서 어릴 적 어머니의 간난을 떠
올리며 추억에 젖곤 한다. 그것이 위에 예로 든 그의
어머니에 관한 푸근하고 아늑한 편린(片鱗)들이고, 한
편으로는 마치 손끝에 박인 가시처럼 손을 스칠 때마
다 따끔거리는 생채기이기도 하다. 이렇게 원종에게

어머니라는 정체(正體)는 좀처럼 정의하기 힘든 이원적(二元的)인 그 무엇이다.

…(전략)…

누나는
땟물이 채 빠지지 않은 빨래를
빨랫줄에 널곤 했습니다.

비가 내리면
누나와 함께 처마 밑에서
비단결처럼 반짝이는
빗줄기를
하염없이 바라보곤 했습니다.

…(후략)…

―「가난」 중에서

이 시에서 원종은 "비가 내리면/ 누나와 함께 처마 밑에서/ 비단결처럼 반짝이는/ 빗줄기를/ 하염없이 바라보"는 누님을 등장시킨다. 그렇다. 동서고금 가릴 것 없이 집안에 나이 차가 많이 나는 형제가 있으면, 사람들은 곧 그 나이 많은 형이나 누나를 가리켜 '부모 맞

잡이'라고 일컫는다. 원종에게도 집안의 맏이인 누님
은 고인이 된 어머니를 대신할 유일한 여성이고 어
머니 맞잡이다. 그런 의미에서 그의 어머니의 정체
는 지금 고인이 된 어머니와 누님 사이 그 어디쯤엔
가 자리하고 있다. 그러나 원종은 안다. 세상 사람들
이 아무리 부모 맞잡이라고는 하지만 고인이 된 아버
지의 말씀처럼,

…(전략)…

세상은
솜씨 좋게 짠 자수의 무늬처럼
한 올 한 올
그 자리를 바꿀 수 없다는 것을.

…(후략)…

—「가난」 중에서

　　이상으로 이원종의 이번 시집의 시들에 대한 해설
을 마친다. 아무쪼록 이 글이 독자들에게 이원종의 시
와 범부 이원종이라는 시인을 이해하는 데 조금이나
마 도움이 되기를 바란다. 그리고 마지막으로 이번 시

집에서 내가 가장 완성도 높은 작품으로 꼽은 시 한
편을 독자 여러분께 소개한다.

달도 뜨지 않는 어둑한 밤
개미 한 마리
온 산 하나를 헤집고 있다.


길 잃은 석불(石佛)
큰 산 하나를 골라잡고
헤매고 있다.

—「월면불(月面佛)」 전문


이번 시집에서 가장 짧은 시다. 하지만 이 시는 나
에게 이번 시집을 통틀어 가장 깊은 인상을 남겼다.
월면불(月面佛)이라는 제목이 주는 신선함도 예사롭
지 않지만 "온 산 하나"를 헤매는 석불(石佛), 그것도
그냥 석불이 아니라 "길 잃은 석불(石佛)"이다. 여러분
은 반 고흐의 「까마귀가 나는 밀밭」이라는 그림을 본
적이 있는가? 나는 굵고 거친 붓놀림의 그 그림을 처
음 대했을 때의 강렬했던 인상을 지금도 잊을 수 없
다. 이 시가 바로 고흐의 그 그림과 같다.
　그러나 이 시는 고흐의 그 그림에 비해 오히려 한
수 위다. '까마귀가 나는 밀밭'이라는 고흐의 그림 제

목은 그 그림의 내용을 구체적으로 설명하고 있지만, 이 시에서는 월면불(月面佛)이라는 제목과 그 내용은 서로 완전히 분리된 것처럼 보인다. 하지만 다시 음미(吟味)해 보면 제목과 내용이 알게 모르게 서로를 완벽하게 보완하고 있다. 그것은 바로 야산에 내동댕이쳐진 듯한 느낌을 주는 석불 위를 기어가는 의인화된 개미 한 마리는(여기서는 개미가 석불이고 석불이 곧 개미이다) 세속(世俗)을 상징하고, 부처가 거주하는 보름달은(이 시의 달은 당연히 보름달이라야 한다) 불교에서 말하는 이른바 극락정토(極樂淨土)를 상징한다.

이렇게 이 시는 제목과 내용처럼 성(聖)과 속(俗)이 서로 어울려 독자들에게 많은 이야기를 함과 동시에 묘한 의미 또한 내포하고 있다. 제목과 내용이 서로를 완벽하게 보완하는 메타포(Metaphor 은유), 좋은 시란 바로 이런 것이다.